我们脱贫啦

（乡居篇）

◎苏志付 / 巫碧燕 —— 著

广西美术出版社

图书在版编目（CIP）数据

我们脱贫啦. 乡居篇 / 苏志付, 巫碧燕著. —— 南宁: 广西美术出版社, 2021.1（2021.7重印）

ISBN 978-7-5494-2320-0

Ⅰ. ①我… Ⅱ. ①苏… ②巫… Ⅲ. ①纪实文学 – 中国 – 当代 Ⅳ. ①I25

中国版本图书馆CIP数据核字(2021)第006480号

我们脱贫啦（乡居篇）

WOMEN TUOPIN LA XIANGJU PIAN

总 策 划：宋震寰　张艺兵

著　 者：苏志付　巫碧燕

图书策划：杨　勇　潘海清

责任编辑：潘海清　黄雪婷　吴谦诚

装帧设计：石绍康　陈　欢

内文排版：吴谦诚

校　 对：张瑞瑶　韦晴媛　李桂云

审　 读：陈小英

责任监印：莫明杰　黄庆云

出 版 人：陈　明

终　 审：杨　勇

出版发行：广西美术出版社有限公司

地　 址：南宁市望园路9号

邮　 编：530023

制　 版：广西朗博文化发展有限公司

印　 刷：北京楠萍印刷有限公司

版　 次：2021年1月第1版

印　 次：2021年7月第1版第4次印刷

开　 本：787 mm×1092 mm　1/16

印　 张：6.5

字　 数：45千字

书　 号：ISBN 978-7-5494-2320-0

定　 价：36.00元

此书记录着
第一书记镜头中的定坡村变迁

"定坡"，在壮语中意为"山脚"，她道出了一个村庄安居山脚的梦。定坡村易地扶贫搬迁安置点，占地约163.34 亩，安置贫困户约 215 户，她让世代山居的定坡村村民美梦成真。

鸟瞰易地扶贫安置点。
2020-07-13

坐标村部

S W
E N

坐落方位

D4沽屯 (1屯)

各国屯 (30户88人)

百色高速公路
往田阳方向

定坡村屯扶贫
搬迁居中安置点

备注：定坡村是自治区极度贫困村。2018年底，
定坡村全员人615户2392人，其中建档立卡
贫困户463户1713人。2014年底人均收入651户
2376人（邪资人口50人，孤属户10人）。

定坡村第一书记平给34个屯通坊路线图
芳志任·2018年

S216线
往百色市右江区方向

7

编写说明

2020年3月6日，中共中央总书记习近平在决战决胜脱贫攻坚座谈会上讲话："到2020年现行标准下的农村贫困人口全部脱贫，是党中央向全国人民作出的郑重承诺，必须如期实现，没有任何退路和弹性。"

一滴水可以折射太阳的光辉，一个村可以映照国家的历史。广西壮族自治区百色市德保县东凌镇定坡村，地处西南边陲，瑶壮混居，是广西100个极度贫困村之一，是脱贫攻坚的样本。本书致力于记录定坡村的脱贫攻坚进程，记录这项对中华民族、对人类都意义重大的伟业。

本书主创、定坡村驻村第一书记苏志付，自2018年3月任期之始，便对定坡村进行了近三年的拍摄。第二主创、《南国早报》文字记者巫碧燕，定期入村采写。全书体例如下：

一、本书以新闻纪实为手段，以摄影和文字为载体，以田野调查为方法，打造乡居专题。用人和事以点带面，用真实和细节感人至深，是本书的特色。

二、本书的图片主要系苏志付拍摄，图片说明系苏志付创作，文章系巫碧燕创作。图片与文章高度关联，又有所独立，图片的独立性体现在每篇文章后的组图中。组图另设小标题，以示区隔，如第20页"阮氏登"、第22页"阮华院"等。

三、关于书中的人称。苏志付在图片说明中以第一人称——"我"来讲述图片拍摄背后的故事。巫碧燕在文章中则以第三人称——"苏志付"来描述她眼中的驻村第一书记。

四、全书的图片均注明拍摄日期，旨在呈现作者对定坡村的持续关注，定坡村村貌和贫困户生活的变化。

五、书中定坡村每项数据都实时变动，并非事实差错。

自序

我是一名驻村第一书记，也是一名业余报道摄影师。

2018年3月19日，我受工作单位——广西壮族自治区人大常委会办公厅的派遣，来到广西百色市德保县东凌镇定坡村，担任驻村第一书记。

2018年年初，定坡村下辖34个自然屯，615户2392人，75%的人口为瑶族，25%的人口为壮族，人均耕地面积不足1亩。全村建档立卡贫困户共463户1743人，贫困发生率高达72.86%（建档立卡未脱贫人口÷2014年年底农业户籍人口数=贫困发生率），是全区100个极度贫困村之一。定坡村驻村工作队、村"两委"立下了"军令状"，要确保在2020年年底之前，实现定坡村全部建档立卡贫困户脱贫。

我在极度贫困的定坡村"拔穷根"，屡屡绝处逢生，处处考验定力。我用体重骤减、心脏绞痛、焦虑失眠为代价，坚守了定坡村近三年（原计划任期为两年），现在看来，定坡村在2020年年底脱贫摘帽已完全没有问题。

驻村期间，摄影一直是我工作的帮手，我拍摄的视频、图片素材屡屡登上定坡村集体经济产业的宣传册、广告、包装盒，而我，也频频化身网络主播、微商，为定坡土山猪、冷泉鸭蛋代言。我用镜头打造的"定坡风光""定坡乡味十二品"，已成为定坡新名片。

我看到了定坡村的日新月异、翻天覆地的变化，累并快乐着，也萌生了"为定坡村造像"的念头。

为了拍好定坡村，我自掏腰包升级了摄影设备，利用周末、节假日，拍摄同一村屯、同一人物、同一房屋的演变，拍到了定坡村几百户人的全家福、生活细节，拍到了定坡村的日常耕作、二十四节气、最后51户贫困户……我坚持镜头中有人，有普通老百姓，不干扰他们的日常生活，用朴实无华的手法，真实地记录定坡。同事看到我两个月才回一趟家，说我就是个疯子。

照片拍成了，如何从海量的图片中选择、整理，最后结集成册？

我特别感谢广西美术出版社副总编辑杨勇、责任编辑潘海清，他们多次开会研究，多次来到定坡村指导，他们建议我从一个个具体的人物和故事切入，以点带面、以小见大。

"照片带来震撼，文字带来重量。"我尤其要感谢本书的文字主创巫碧燕，感谢她写下的细腻深情的文字。

小巫是一名资深记者。2018年11月，她第一次来到定坡村，采访脚患怪疾的瑶家三姐弟。在教室里，她蹲下与孩子们交流；在采访路上，她把腿脚不便的孩子抱起。她发出的报道催人泪下，获得了数百名爱心人士的关注，又义务建立起爱心群，把孩子们接到南宁治疗。此后的两年里，爱心群持续发光发热。她和我还在定坡小学发起艺术计划、奖学金计划、书包计划、鞋子计划、校服计划，帮助定坡小学的孩子圆了艺术学习、书包、鞋子、校服梦。

小巫是土生土长的德保人，她对定坡这片土地，有着天然的亲近，她自告奋勇要为我拍摄的照片配写文章，我当然应允。2019年小巫怀着身孕，多次利用假期，挺着大肚子，一个人搭着乡村班车来到定坡村，爬山、采访。2020年年初，她的宝宝诞生了，她又趁着产假，带着宝宝来到定坡，最长待了一个月。采访路上山高路远，她总是带着一个装着冰袋的保温瓶，保存中途挤出的母乳……

最重要的是她的创作理念和文字能力。

小巫坚持用真实去打动读者，只有亲眼见到、亲耳听到的，才会写进书里，首稿不满意，就推倒重写，她把每一篇文章都当成艺术品一样去雕琢。有时，小巫写一篇千把字的文章，要花好几天，我都着急了，但她说："一定要让读者看到我们的诚意。"

小巫坚持跳出新闻报道的传统，创造性地运用当下互联网上推崇的"非虚构写作"手法，书写"泥土味"的定坡故事。我总看到她采访得很细，把事发时间精确到一分一秒，把现场一株植物、一只蝴蝶的学名都要弄清。她告诉我，只有这般具体，才能刺激读者在脑海"搭建"出一个现场。难怪小巫把看似"遥远"的扶贫故事，写得就好像发生在身边一样。这就是读者期待的"代入感"。

责任编辑潘海清说，我和小巫就像钢琴的四手联弹，彼此成就，彼此激发对方的艺术表现力。是的，小巫的文字很突出，我有时候觉得她才是第一作者。

我的扶贫工作繁重，没有她，就没有《我们脱贫啦》这本图书。小巫也曾说过，幸亏有我这位和村民打成一片的第一书记，她才得以深入贫困人家与他们同吃同住，得以零距离地接触他们的内心，才能下笔如有神。我想她说得也对，我也是因为熟悉，所以热爱，因为热爱，所以像个"快乐的疯子"般持续不断地记录、拍摄定坡村。

最后，我想说，《我们脱贫啦》不仅仅是一本图文故事集，它还注入了小巫作为德保人的乡情，注入了我这名第一书记的豪情。它像一份特别的驻村成绩单，我问心无愧！

在图文书籍公开出版发行之际，我还要：

感谢定坡村的父老乡亲，谢谢乡亲们的宽容和支持！

感谢定坡村"两委"和挂村、驻村工作队，谢谢你们的帮助！

感谢我的定点后援单位——广西壮族自治区人大常委会办公厅！

感谢我们自治区人大常委会办公厅派驻德保县扶贫工作队！

感谢我们中共德保县委员会、县人大常委会、县人民政府以及后援帮扶单位！

感谢数不清的关心定坡、支持定坡的爱心人士！

感谢我的家人一直以来的支持和付出！

千言万语道不尽，一切尽在书籍中！

谢谢！

定坡村驻村第一书记 苏志付

2020年11月1日于定坡村

目录 / *Contents*

01 / 定坡村口述史

定坡村口述史

口述人：

兰绍辉（1996—2002年任村党支部书记）

黄仕来（2014—2017年任村党支部书记）

颜庭财（2017—2020年任村党支部书记）

何建佐（2017至今任村委会副主任）

谭耀华（1940年生，定坡村第一位大学生）

定坡村基本概况

东凌盆地像个锅,东凌镇镇政府所在地(东凌村)是锅底,定坡村就在锅边的高山上。定坡村村民在盆地有水田,有些是土改分的,有些是自己开垦的。长期以来,村民就是在"锅边"睡觉,在"锅底"种田,山下收米、山上晒米、山下碾米,把谷子来回背3趟才吃得上,另外还在石缝里种玉米、猫豆、高粱。

20世纪80年代,定坡村民相对隔绝,不太敢下到"锅底"的镇上,怕被欺负、被看不起。

全村分为陇兰、陇布、茶酒三个片区,共34个屯。陇三屯最高,海拔为1200米;林下屯最远,从村部走路去得3个小时;陇于屯前面,是真正没有一分土,村民去自己的菜地要走30分钟。"这里公鸡吵架都找不到""走小康? 走米糠还差不多。"几十年前,有人这么形容定坡村。

90年代,定坡村开始有人外出打工,有些是自己去,有些是村委组织去的。1990年,有人到南宁的"搬物专业社"打工,搬空一个房间挣6块钱。

20世纪末,定坡村一共有2287人,有约1800亩田地,人均不到1亩。

定坡村住房和搬迁

1949年后到90年代,定坡村主要是茅草房,火灾频发。以下为不完全统计:

1967年,甘落屯10间茅草房被烧毁,死亡2人,粮食、家禽、家畜被烧光;1998年4月,林下屯15户人家遭火灾,未有人员死亡,当时劳力外出做农活，且家中缺水，老幼只能眼睁睁看着房子被焚毁。据调查，火灾是村民在阁楼上剥玉米，碎屑从木地板缝隙掉到灶火中被点燃引起的。1999年，岩恩屯1户人家，在移动灶火时引发火灾，所幸无人伤亡，也未波及邻居。

20世纪90年代末，村民流行购买周边村屯淘汰的旧瓦片，肩挑马驮把旧瓦片运上山，换下屋顶的茅草。

1949年后，县政府曾动员瑶族人迁到平地居住，东凌、经律（现定坡村）的瑶族迁到仁爱大队（现东凌镇甘必村）那塘（地名）辟建新村。1958年移民已有50多户，后因不愿居住，逐步迁回原地，至1981年后只有11户。

1997年至1999年，国家动员拥有耕地不到1亩的村民，搬迁至田林县能良乡，计划分给每个移民5亩山林种八渡笋、五分水田种水稻。1997年，第一批约100户500人去往能良乡新六隆点；1999年，

定坡村屯大致方位图，由口述人兰绍辉手绘，注：社即屯。
2020-08-14

第二批46户约250人去往能良乡旧六隆点。由于种种原因，在之后的10年内，绝大部分移民迁回，目前，新六隆点仅剩下6户，旧六隆点仅余下7户。

2004年，德保县发展和改革局利用中央预算内专项资金，在定坡村定坡屯实行扶贫搬迁试点工程，工程包含住房、人畜饮水、供电、道路和产业开发，2007年至今安置110人。

2010年起，村民开始用外出务工的积蓄，在"锅底"（东凌镇政府所在地）买地建砖瓦房。

2015年至2020年，是搬迁的高峰期，有自主搬迁的，有响应国家易地扶贫搬迁政策的。没有搬迁的，也在老屯建起了水泥砖房。

定坡村的水、路、电

定坡村缺水，看天吃饭，稻米产量也不高，后来60年代修了鸡甫水库，80年代种植杂交水稻，口粮短缺的问题才有所缓解。但是，住在"锅边"的村民经常需要到"锅底"挑水喝。

1988年，定坡村茶酒片区的村民自己拉了低压电，1990年，该片区有了第一台电视，用"锅盖"收卫星信号。2001年，陇兰片区有了第一台电视，是一台用600元买来的二手黑白电视机，没有电视信号，只用来播放VCD。现在的定坡村，家家户户都有电视看。

1997年，政府出水泥、炸药，村民出人力，建设了第一批家庭水柜。1999年12月，政府在定坡村启动"集雨节灌"工程，计划给定坡村建200个地头水柜。2000年9月，解放军也来支援，他们用肩膀扛水泥，走6千米山路到卫东屯。有的战士在半山腰实在扛不动了，也没有放弃；有的战士肩膀磨烂完了，也不喝村民的茶水。最后，定坡村建成了133个地头水柜。

1998年，定坡村建成第一条砂石通屯路，通往叫法屯。那时，政府出钢钎、十字锄、炸药，定坡分工到户出人力。该屯也有了全村第一辆摩托车。2005年前后，有老板跟村民协商用路换土坡租约，有土山坡的卫东上、下屯因此有了能走车的砂石路。2014年，修通了从定坡村到甘必村的县道，去县城多了一条路。2018年、2019年、2020年这三年，修的路比过去几十年修的路都多，住人的村屯都有了水泥路，新屯的道路也全部硬化。

定坡村的教学点

1950年，定坡村建立第一所小学——陇兰小学，设立一至三年级。唯一的老师叫韦忠显，壮族，小学三年级文化水平，会说瑶话。自此，周边的甘落、陇直、陇井等几个瑶寨，开始走出了瑶族老师、瑶族干部，以及定坡村第一名大学生谭耀华。谭耀华生于1940年，1969年毕业于中央民族学院（现中央民族大学）历史系。

后来，陇兰小学搬到陇直屯（改为陇直小学），该教学点辐射15个屯。村里还设立过茶酒教学点，有一至五年级，辐射8个屯；设立陇布教学点，辐射12个屯。定坡小学1960年建立，是德保县最大的村级完小，2020年有学生250名，瑶族学生占94%。

20世纪70年代，定坡村在定坡屯设立初中，该村多任村支书均毕业于此。该初中产生了两届毕业生，后被撤销。

距离学校越近的村屯，走出的大学生、干部就越多。

黄绍语。2019-01-11

1

安放乡愁的阮氏登

20世纪90年代中，定坡村供高屯古老的瑶寨里，黄绍语的降临并不顺遂。母亲阮氏登说，他早产两个多月，怕是养不活，但都没敢去医院，因为家穷、山高、路难。

这是瑶族的宿命吗？翻开《盘王大歌》、瑶族信歌、《德保县志》，发现在上古时期，瑶族的祖先就已经是两帝纷争的牺牲品，瑶族的生存史，似乎就是一部被迫迁徙的血泪史。

时间来到21世纪的第二个十年，黄绍语和族人一起，继续书写着迁徙史。不一样的是，他们响应国家易地扶贫搬迁政策，主动从高山上摇摇欲坠的吊脚楼，搬到了平地上的砖房。

现在，黄绍语也当爸爸了，他的女儿出生在德保县妇幼保健院，健康可爱。

另外，他还起了个微信名，叫"去你个鸟命"。

迁徙歌
只因那年蒙大难，
十二兄妹离家园。
离家瑶人要过海，
船到海中浪有生。
当天许下盘王愿，
才保瑶人命周全。
妹妹上岸洒泪别，
分路游离各州县。

一

族人是什么时候来到定坡的？二十多岁的黄绍语已经说不上来了。

翻开《德保县志》："德保县的瑶族为背篓瑶，祖先是武陵蛮（又名五溪蛮），始居湖南长州境内（今湖南沅陵县），后因统治者'征剿'，从汉代开始逐步向东南迁移，其中，一支瑶民从湖南经广西北部进入广东的高要、封川等地，后进入广西德保县。清初，有三兄弟从平果（县）迁到下甲马安（今德保县荣华乡大坤村）。几十年后，其后代迁到隆桑镇果甫村和甘必村（与定坡村相邻）。1949年前，瑶族村屯多在距离田峒较远的山腰间。瑶族村民多倚傍山岩搭茅草房居住于山间石隙中。"

时任定坡小学教导主任的谭建辉，去到邻县田东县寻根，他见到了说着相同瑶音的族人，找到一口见证了族人迁徙的古井。谭老师为之动容，写下："站在古井前，思绪不禁跨越百年，耳畔仿佛响起始祖三兄弟临别前的铮铮誓言：'各自找到一处永不枯竭的井水，安居乐业，福衍百年……'"

颠沛流离，只为"找到一处永不枯竭的井水，安居乐业"。但定坡瑶村山多地少、石多土少、旱多水少，人均耕地面积不足1亩，与始祖三兄弟的誓愿相去甚远。

"住山上，像老鼠（偷）拿了米躲在石头下。"黄绍语的继父兰吉红说这话时，双臂紧紧夹着脑袋，像有块大石头正重重地压下来。

定坡的石漠山，树都长不高。没有东西做参照，人就生了错觉，玉米像小草，岩石像小石子，峰望不出高，隘看不出低，每一个山头都好像触手可及。看见"小石头"下有东西在动，以为是长毛的小动物。定睛一看，原来是个人，被一捆玉米秆压得快看不见了。

长不成树，自然也留不住水。定坡有句话："地下水长流，地上渴死牛。"喝水只能靠山腰的水柜，但水柜的水少得可怜，终年见底，人从牲口嘴里抢水喝。碰上大旱，方圆十里的水柜都干了，只能拉上骡马到山下找水，一趟拉两百斤，一天顶多两个来回。一身臭汗，却不敢轻易洗澡，都是灰溜溜的。

这些大山里的村民，为生计战战兢兢，一年到头不敢闲着，硬是从石头陡坡中，垒出一层层的玉米地。自己宁可少吃一点，也要腾出口粮养猪。熬到猪出栏，还得请四个人把它抬到山下。正因为这样，卖一样的猪，到手的钱比人家少了一沓，像低人一等。

山上没水，种不了稻谷。村民们千方百计地在山下的平地开了块田。鸡叫头遍就下山下地，夜里需摸黑爬上家。等收得了稻米，又得像"老鼠搬鸡蛋"一般，使出苦力把稻米背上山晾干，然后背到山下的集市舂好，再背上山储存。打一样的稻米，流出的苦汗比人家多几缸，像矮人一截。

在山上，手机没信号，电视也看不成，村民们看不到外边时新的东西。到了山下，不自觉畏畏缩缩，生怕被笑话。越是觉得格格不入，就越是想躲起来。

"所以，住山上就像是老鼠（偷）拿了米躲在石头下。"兰吉红又说。2015年，他已经在水泥路边建起了砖房。

"山上凉快呢。"黄绍语的母亲阮氏登用瑶话罕见地辩护。

黄绍语理解母亲的执念，母亲生于1963年，没上过学，不会说普通话，离开定坡的次数，用一只手就能数完。她在山上如鱼得水，巡山、放羊、养猪、酿酒、种玉米……靠着大山，独自养活了一对儿女，连男人都自叹不如。

二

　　临近戊戌农历腊八，天气湿冷，灰云低低地压着，挤出冰冷的细雨。

　　黄绍语带着打工认识的女朋友，从山下的易地扶贫搬迁安置点出发。他们坐车赶了几公里的水泥通屯路后，换两条腿攀上上百米高的石山，横穿过一个石头垒起的、一夫当关万夫莫开的关隘，再走个几里路，才到了山坳里的定坡村供高屯。

　　供高屯，屯如其名。山下的天上云，在这里成了身边雾。眼下，母亲阮氏登是全屯仅存的住户。

　　几年前，屯长黄国席已经自主搬迁到山下。现在，他的老房歪了，门都快推不动了，被两根不知道哪来的旧房梁死死撑着。其他老邻居的房子，瓦顶都塌了，用木枝扎起的围墙也一并失踪，只剩下框架。邻居搬走，黄绍语一家也无心修缮，老床上落满了灰，床下巴掌深的石缝没人填。按照政府的标准，这是危房。

　　阮氏登在她灰蓝色的粗布衣服上，套了件深色长袖围裙，正打水熬猪菜。她熟练地把玉米粉撒在第一锅猪菜的表面，轻轻搅动，那样就不会糊底。黄绍语要帮忙，他脱了外套，只穿一件白白的修身衬衣，他卷起袖口，露出白白的手臂，摇起嗒嗒作响的搅菜机轮。有碎菜叶落在他白白的皮鞋上。

　　黄绍语看到一支镜头在对准他，哈哈大笑起来："到时候我（能）上热搜哦。"

我是黄绍语及其母亲阮氏登的帮扶责任人。我镜头里的定坡村的脱贫故事，从他们家的老房子开始。

2019-01-11

阮氏登听不懂"热搜"，只知道开春以后，老房子里养了一年半的三头黑猪就可以出栏了。

代沟也反映在对搬迁的态度上。按照政策，享受易地扶贫搬迁政策的，需拆旧复垦。黄绍语早早搬进了安置房，他已经不愿去想，老房子当年是如何庇护他这个早产儿的，但妈妈还留在山上观望，她的猪、羊、骡子搬不下去，她不想拆房。

日上三竿，浓雾消散，母与子，两代人，一个背着手，一个抱着手，站在老房子前，望着出寨子唯一一条通往外界的路。不远处，一座方圆数里的最高峰露出真面目，黄绍语的舅舅阮华院说，红军从这里解放了定坡大瑶山，所以祖辈自愿为它取名——红军山。

红军山红军山，红军恩情重如山。1949年后，这支队伍初心不改，代代接力，多次动员定坡瑶民搬离贫瘠的大石山，但受当时的条件限制，历经曲折反复。

历经沧海桑田，这支队伍宽裕了，决战贫困的底气更足了。2015年，国家《"十三五"时期易地扶贫搬迁工作方案》传到了定坡大瑶山：用5年时间，对"一方水土养不起一方人"的地方，实施易地扶贫搬迁。帮助贫困人口，与全国人民同步进入全面小康社会。

政府让群众有了更多的选择，政策上，定坡村民可以自主搬迁，也可以搬到百色市区、德保县城，或者自家山脚的安置点，并享有住房建设补助资金、拆旧复垦奖励资金。

瑶胞们都看在眼里："百折不挠战贫困，这支队伍有意思。"

阮氏登每天将百草煮熟喂养
土山猪，但儿子黄绍语，已
经不适应上一代人的生活。
① ② ③ 2019-01-11

<table>
<tr><td rowspan="2">①</td><td>②</td></tr>
<tr><td>③</td></tr>
</table>

三

　　阮氏登一个人住在山上，每天对着骒马说话。2019年11月18日这天，寂静的寨子里突然变得热闹了。村支书、第一书记、老屯长都来了，他们带来了施工队，要轮着拆旧复垦。

　　怪了，老邻居黄建青的老房"保不住"了，可他还乐得合不拢嘴。嚯！儿子黄绍语还帮他搬家当，把大圆谷仓顶在头上，滑稽。

　　可她的倔骒马生气了，踢人。阮氏登死死牵住不放手，死死守住不松口。心想，拆旧复垦奖励资金不要也罢，把老房留着。

　　她嘴上说不肯，但还是忍不住打听别家，看看老邻居、屯长黄国席。黄国席自主搬迁到山下的更类新屯，水田距离新家还是有些远，但至少都在平地，有水泥路连着，不用和过去一样爬上爬下，两个儿子在外打工，孙女在东凌镇中心幼儿园上学，按政策得以免除每年1300元的保教费。他申请了村里的保洁公益岗，每月花几天时间清理垃圾，收入500元，每年种稻谷，种一年管三年，多的用来酿酒换钱，他还在灶房里养了鸡。

　　黄国席说："脱贫了，但生活还不够好，要养牲口。"

　　新房没地方养羊咋办？

　　办法总比困难多。他设法弄了个几平方米的小地块，就在他家后边，不远，但不连着。得钻过密密的、别人家的玉米地，喂猪、牵马都顶麻烦，但这点难不算啥。黄国席在小地块上搭起了马棚和猪圈，他用全家省吃俭用攒下的钱，进了一对猪仔，购置了一匹马。

黄国席是自主搬迁,老房还留着。问他,想老房吗? 黄国席使劲回忆:"山上水太脏,也没电,养猪又不得钱,不去想咯,不记得咯,房都(准备)塌咯。我在这还有两只羊,但都不想回来管,成野羊啦。"

是哦,掐指一算,黄国席搬下山都快5年了。

"有办法了!"人群中有人喊,"阮氏登的骡马和羊,可以住进黄国席的老房里。"

"得!"黄国席马上掏出了钥匙。

第二天,阮氏登那个用木枝扎起做墙,用篷布围起挡风的老房,被拆了。老母亲终于搬到山下,供高屯实现了整屯搬迁。

还记得定坡瑶族始祖三兄弟的誓愿吗?"找到一处永不枯竭的井水,安居乐业"。在山下,东凌山泉通过自来水管,流进他们的新家,源源不绝。

①	②
③	④

黄绍语降不住这倔骡子,它只听阮氏登的。阮氏登不想搬,担心骡子没有去处。①② 2019-11-28
老邻居黄建青高高兴兴地搬下山,黄绍语积极地帮他搬谷仓。③④ 2020-11-18

四

笔者和黄绍语之间有一些对话,或许,可以从中寻找到更多"历史的必然"。

笔者:你小时候是什么样的?

黄绍语:供高屯只有几户人家,没有学校,我得到山下的定坡小学上学。每天六点起床,煮饭吃了就去上学,有时候八点能到校,有时候会迟到。冬天再冷,也是穿那种黄色的塑料凉鞋。偶尔有一年,穿得起一双解放鞋。

小时候梦想着住到山下,想着为什么别人天生住得那么好,我们却那么差。但只是想想,真不知道猴年马月可以实现,不知道政策会变得那么好。我现在恐高,对爬山有阴影。

笔者:什么时候出社会?做过什么工作?还会养猪、种地、酿酒吗?

黄绍语:小学还有几天才毕业,我就溜出来了。广东哪里都去过了,做过很多工作,比如在快递仓库里帮人分拣包裹。有一点做农活的经验,懂得把猪养活,但是猪不吃饭、拉肚子就没办法了,妈妈会找草药治猪病。但是让我只养一两头猪我也不想,现在猪场也多,价钱便宜。腊肉我会做,酿酒有难度,不过现在什么酒都喝,不一定喝白酒。

笔者:评价一下你的母亲。

黄绍语:说不出来……伟大,只能用伟大来表示(形容)了。她给我们姐弟俩的实在太多了。每天早出晚归,要么去砍柴,要么去摘猪菜、种玉米、割马草,很辛苦。

笔者:是不是为了拆旧复垦奖励资金才愿意拆老房?

黄绍语看着工人拆了邻居的老房子。2019-11-28

黄绍语：奖励金不是问题，我考虑了很多，我坚持要拆的。其他人都搬了，就算没有钱补，我也不会让她一个人住在山上。那里交通、找工作、收玉米都不方便，而且，我们的田在山下。

"为什么别人天生住得那么好，我们却那么差？"这是童年的黄绍语对命运的追问，而今，这样的追问已经随着搬迁，渐渐变得模糊。事实上，母亲阮氏登数年前把儿子送进学堂、送出大山，就已经亲手酝酿着改变。两代人，两种不同的生活方式。上一代渐渐凋零，下一代必须大步向前。

2019年7月，当年早产的黄绍语也当了父亲，他的女儿出生在德保县妇幼保健院，健康可爱。他把自己的微信名改成"去你个鸟命"，头像则是那个在电影里喊出"我命由我不由天"的黑眼圈哪吒。他说，自己不相信命运，心还有不服，想创造更好的生活。

再说说阮氏登下山后的情况。

阮氏登和同村的兰吉红正式组成了新家庭。2019年，她通过养猪，获得了3500元"以奖代补"奖励金。2020年，她又养了16只羊、1匹骡马、3头猪，获奖7500元，这是奖励金的最高金额。羊放养在山上，骡和猪就安置在丈夫兰吉红水泥公路旁的砖房里，兰吉红说："谢谢政府，搬下来还是好。"

现在，我们时常和阮氏登在山下偶遇，有时看见她在田里割稻谷，有时看见她在村部旁拾猪菜。

哦，对了，阮氏登不是嫌山下热嘛，儿子黄绍语给安置点的新房装了空调。毕竟，那里是他们共同的家。

阮氏登搬下山后，成
功脱贫出列。她的新
家距离水田只有几百
米，大人种地时，小
孩子就在路边玩。一
大家子团圆了，我终
于拍到了他们的全家
福。

① 2020-07-23
② 2020-07-27
③ 2020-09-01

①
———
②
———
③

阮氏登

当地瑶族妇女坚忍、勤劳，令人钦佩，她们是定坡精神的代表，是定坡土山猪的最佳代言人。2019年开春，阮氏登请人把三头大肥猪赶下山，卖给城里人。猪不愿走山路，走走停停，花了两天时间才到公路边。随着供高屯整屯搬迁，这样的景象恐怕不会再有了。

① 2019-10-26
② 2019-03-21   ①｜②

阮华院

阮华院是阮氏登的哥哥。20世纪70年代，他参加修建鸡甫水库时，被压坏了左腿，成了残疾人，至今独居，他把老房继承权让给了弟弟。弟弟自主搬迁下山，老房无需拆旧复垦。

阮华院穿着的T恤背后写着"××·公园大道"，是省城的房地产广告。但他此时却只钟情眼前的一线山景："我小时候，这片都是'光头山'，长出点杂木就被老人砍了当柴。后来封山，每年正月前后，山上有红的、黄的颜色，有一点好看哦。"

高山是瑶族的印记，是瑶族的寄托。对阮华院来说，山下是井底，山上才是他的广阔天地。然而，在2015年至2020年间，定坡村34个屯中，有14个屯整屯搬迁，他在山下的安置点也有了新家。定坡瑶族渐渐把过去赖以生存的大山，还给野蛮生长的草木，还给自由来去的兽禽。

若干年后，阮华院老宅的有着90年树龄的镇宅桃树依然守望着大山，但它的主人将变为稀客。老人们的内心纵有太多不舍，也要和过去告别，和贫困告别。

① 2020-10-03
② 2020-03-02
③ 2020-02-29

① | ③
②

阮华院白天在老房，放羊、喂鸡、打理家族的神台。
①②③ 2020-02-24
山顶有个天然水坑，阮华院从这接了条水管到家里。每
次舀够 40 瓢水，家里的石缸就刚好满了。④ 2020-02-14
家里依山而凿的石缸。⑤ 2020-02-14

	②	
①		④
	③	
		⑤

百色深圳小镇易地扶贫搬迁安置点

　　林下屯是距离定坡村部最偏远的屯，有13户45人。不通路，耕种条件差。老屯长黄开陆动员全屯搬迁至百色市深圳小区。

　　整屯搬迁至深圳小镇的还有林上屯、陇门屯、陇列屯。

百色市深圳小镇一角。① 2020-06-26
黄开陆在镇政府抽取房号。② 2018-10-16

① | ②

定坡村易地扶贫搬迁安置点

安置点有了"微菜园"、游乐场、篮球场。
谭忠林（左）和韦秀荣夫妇在"微菜园"
摘菜。① 2020-09-04
新家园里紫薇开。② 2020-06-24
安置点全貌。③ 2019-12-30

① | ②
　 | ③

村干村民齐上阵，给安置点
种上了黄金榕、秋枫、水蒲
桃、朱槿、三角梅、红玫瑰、
红绒球……①②③ 2020-11-19

①	
---	③
②	

2020年初，定坡
村接入中国南方
电网，生产生活
用电更稳定。
2020-03-08

定坡村的孩子打小就要学会背水。2018-11-25

2 陇直新屯通水啦

"以前住在山上没水，刚搬下山时也没水，所以，等到国家资金政策下来，我们是很珍惜的。"

2018年11月中旬，25岁的黄瑶师请了20天的假，揣着一双新买的钢包头劳保防水雨靴，从广州回到家。他要参加"定坡村陇直新屯引水大会战"。

这是一场由陇直新屯的年轻人自发组织的战斗。

全屯22户，22名青壮年，从四面八方迅速集结。1000根水管、35吨总重、6000米输送距离、500米垂直落差，20天突击奋战，自然的阻力、人的阻力……肩膀肿了，脚起泡了，劳保雨靴也烂了……

而源源不断的山泉水哟，也终于引进了家！

通水仪式上，黄瑶师（右一）和大伙一起接龙搬水。2018-11-25

2018年11月13日，定坡村卫东上屯的高山密林里，空气湿冷，浓雾弥漫。

25岁的黄瑶师手支木杖，和另外两个人一起，站在险坡上，扎起马步，扛着一根6米长的水管："这个腰不要弯，你们几个跳上去！注意不要飞到下面去喔！"

五个人依次跃起，攀住了翘起的水管的一端。所有人绷紧牙："哟！哟！"

齐齐的号子声，响彻山谷。水管很快弯下了高傲的头，顺从地指向了家的方向。

"人肉支点"是陇直新屯引水大会战难忘的一幕，它被大家拍成视频保存、转发和回忆。

1980年出生的罗昭臣，至今仍能隔着屏幕感受到当时的豪情。他是屯里不多的大学生之一，是吹响集结号的人。

"那个周末回家，看到我妈用盆接屋檐流下的雨水，我心想我这做儿子的真是……"

水，是罗昭臣的乡愁。

20世纪八九十年代，在甘落老屯，罗昭臣自记事起便要挑水，水源远在山的那一边，水流只有拇指粗细，却供着方圆数里的壮瑶山寨，每年三四月的枯水期，水桶排出二三十米长。有时，小昭臣的肩膀吃不住劲，连桶带水摔在家门口，桶烂了，水流得一滴不剩，大人心疼得直骂。

20世纪末，屯里有了蓄水池，但水面总飘着不受欢迎的腐叶和微尘。2015年，罗家搬到了山下的陇直新屯，房子是新的，路也有了，但还得四处借水，那些受不得气的，就趁着月黑风高上山偷接水管。这样偷接来的水，时有时无，只奢望能洗个澡、满个缸。

　　新屯并非没有水源。在6千米外的高山上，是自家的林地。早年，有老板想包下来种速生桉，但大学刚毕业的罗昭臣着眼长远，他说服大家亲手种上松树、杉树。

　　有了繁茂的青山，自然也有了丰沛的绿水。2018年初冬，陇直新屯终于争取到了国家的项目资金，用于建设两座蓄水池和购买水管。早就摩拳擦掌的罗昭臣，跟村里的老支书兰绍辉一合计，便在新屯的微信群里吹响了集结号：

　　"每户出2500元，买建水池的地！"

　　"有！"

　　"每户出一个青壮劳力，抬水管！"

　　"有！"

　　黄瑶师是笑着跟领导请假的。他当时在广州一家中日合资的汽车配件厂工作，月薪7000元。"我说家里不通水，正赶上国家的政策，得请假20天回家出力。领导同意了，还多给了5天薪水。"黄瑶师知道这是一场硬战，便花129元网购了一双钢包头劳保防水雨靴，从广州一路揣回了老家。

　　谭桂坚彼时29岁，在广东佛山当押货员，他没有半点犹豫，跟

上级说要回趟家"建设水源"，便搭着最快的高铁回到了百色，再换乘班车回到了家。

"广东部队"的主要任务，是抬水管。上千根水管，每根长6米，重70斤，要扛进浓雾弥漫的深山。身体上是辛苦的，但内心里是喜悦的。

有时，谭桂坚也和黄瑶师一样，当起"人肉支点"，只见他的四肢撑成一个"大"字，他扶着水管，兄弟们扶着他。有时，谭桂坚和兄弟们站在密林的陡坡上，帮着师傅固定水管。坡面的高草已经被砍倒，那是村里的老人卢绍金、兰绍辉为年轻人开好的路。小伙子们有的用手死死地把住水管，有的用背生生顶着，像一根藤上结了一串瓜——这倒是一串有说有笑的瓜。

好景不长。

水源起了争议。这是罗昭臣早就预感到的：乡下就是这样的，历史和现实的、内部和外部的因素盘根错节。为什么要号召大家投工投劳？因为人齐了，力量大，万一要上谈判桌，镇得住。换成外人，这工期恐怕要一拖再拖。

定坡村第一书记苏志付清楚地记得，自己和村主任兰绍松闻讯赶到的时候，天刚下过雨，有人坐在田埂上，脸上也是阴云密布。

"我们三户在这种了那么多年的稻谷，你们这就想把水引走，

村主任兰绍松（右）查看水源地。一股山泉就从这里渗了出来。
2018-11-12

叫我们今后怎么种？"

这三户是罗昭臣在甘落老屯的老邻居，多年前搬到了卫东上屯，人走了，林地还没走，自认为还应当享有老屯的水源。

"这本来就是我们甘落屯的山泉，我还怕你们的农药坏了我们的水，今后不给用！"

"不服？打官司，你是大学生了不起？法庭上有你好看！"

"你想玩也可以啊，你输得起吗？"罗昭臣气得驳回去。

村主任兰绍松当了几十年的代课老师，一看这两边的人里，好多都是自己的学生："不急不急，有话好好讲。"

学生哪能不给老师面子，两边原本剑拔弩张的阵仗一下子就松了。

"都不要吵了！"苏志付大喝一声，"村委不是来了？第一书记不是来了？这事情有办法解决！"

苏志付稍稍收回了大嗓门："首先第一条，大家必须服从县委、县政府脱贫攻坚大局，保证陇直新屯人畜饮水项目得以实施……这是原则。第二，你们当中，谁跟谁不都有点亲戚关系？都是自家人，每边都让一点！有句话怎么说来着：越努力才能越幸福，越团结才能越温暖！"

"你们这三户搬到了卫东上屯，修路占用了甘落屯的地，人家不也没说什么。甘落屯呢，也要尊重人家在这耕种多年的事实。"兰主任不愧是"定坡百事通"。

不知大家是被苏书记的大嗓门镇住了，还是被兰老师打动了？最后，大家都认识到，乡里乡亲就是你中有我、我中有你，也愿意坐到村部的谈判桌前，达成了协议：

"陇直新屯有责任保证三户村民的耕种用水，不得以没有饮用水或者对方破坏饮用水为借口阻拦。"

"三户村民可以按标准使用化肥，但有责任和义务保证水源安全和供应。"

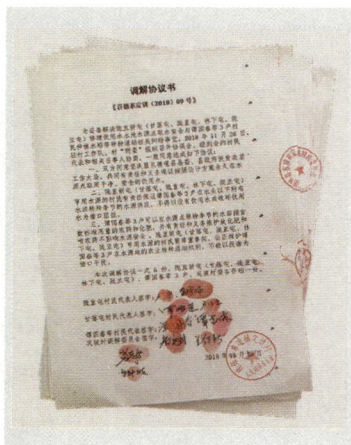

调解协议书。2018-11-26

协议上，双方村民、村"两委"、驻村工作队鲜红鲜红的手印，安定了所有人的心。

黄瑶师一直仍心怀感激："其实，这次引水工程这么成功，我们最感谢的是苏书记及时给予我们的帮助。"

越团结才能越温暖。水管经过这三户人家的门前时，罗昭臣叫人专门留出了接口："他们随时可以用。"

工程冲刺的那几天，黄瑶师的脚还是起了泡，浑身都脱了层皮，肩膀也肿了。晚上，在家里，他用瑶山烈酒擦一擦，让肩膀获得暂时的麻木。但他的干劲更足了，一次能扛三根水管，210斤重，他的大雨靴重重地踏在家乡的土地上，每迈一步都是一个和土地的深沉拥抱……

大雨靴踏烂了，水也通了。

2018年11月25日，冬日暖阳下，源源不绝的山泉水在陇直新屯的上空，喷出了一道美妙的水虹。村里的妇女们着盛装，歌之舞之，欢庆这期盼已久、来之不易的时刻。陇直新屯的各家各户，很快添置了热水器、洗衣机，他们是定坡村第一个通自来水的新屯。

"真的很不错呢。"黄瑶师现在想起来，脸上仍挂着笑。

"那几天觉得辛苦吗？"

"辛苦？我们在山上长大的，这点算什么。"

是的，这点算什么。黄瑶师原名黄师，当年上户口时，被派出所要求再加一个字。他的父亲不假思索地加了个"瑶"，希望他不要忘了自己的民族，不要忘了自己的来处，不要忘了在瑶族的史诗里，祖先五色龙犬盘瓠生六男六女，六男六女相亲相爱，相互扶持，在高山大泽中繁衍生息的故事。

如果陇直新屯也要编纂史诗，那戊戌年末的"引水大会战"，一定是华彩绚丽的一章、团结友爱的一章、振奋人心的一章……

为有源头活水来

通水仪式上，驻村工作队
请罗昭臣通报收支明细，
这是团结人心的关键。
① 2018-11-25

通水了，打水去。
②③ 2018-11-25

① | ②
‾‾‾
   | ③

清甜的山泉水流进了家。
① 2018-11-25

一点一滴，当思来之不易。2020
年国庆长假，黄瑶师和老屯长卢
绍金带领放假回家的蓝鹏、蓝青
海、韦吉来、阮益颠，一起查看
水源和管路。②③④ 2020-10-07

```
    ┌──②
  ①─┼──③
    └──④
```

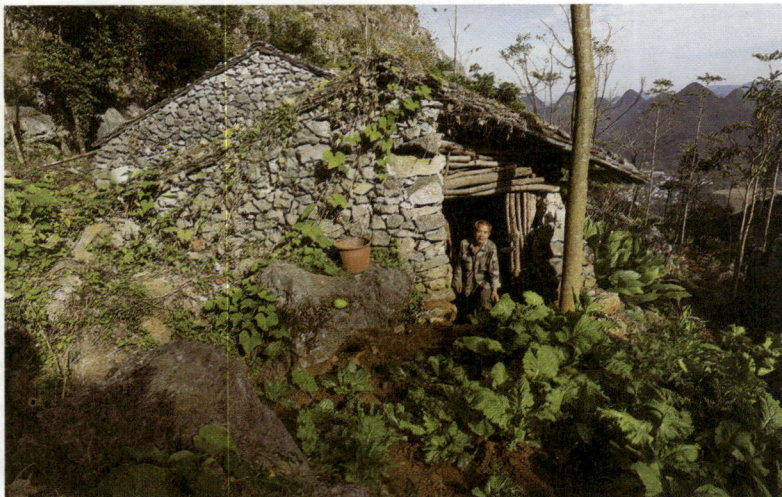

谭造章和他"长城"内的石头房。2019-12-18

3 从"长城"内到"长城"外

　　打开手机卫星地图，在定坡村易地扶贫搬迁集中安置点以西1千米的峰丛间，找到更类屯。再把地图放大，屏幕上便出现一条实际约400米长的"线圈"，"线圈"迎着阳光，投下了黑色的阴影——它是有一定高度的。

　　这便是"怪人"谭造章垒起的"长城"。

　　谭造章，1958年生，上过小学四年级，五保户。他一个人花了几十年时间，围了一道连门都没有的石墙，只为了保护自家羊群，却未曾想自己有一天也会被保护，住进国家为他修建的、平地上的砖房里。

俯瞰谭造章的"长城"。2019-12-08

谭造章每次都买这
么多鸡蛋。
2020-03-08

谭造章长期不与外人接触,被视为怪人。他到底有多怪呢? 村里人是这么说的:

"爱喝自己酿的酒,说'不喝酒做工不得',喝多了自言自语到三更,满嘴'1949年解放中国,1958年炼钢炼铁压倒一切……',想到自己无妻无儿,还抹眼泪。"

"有次跟他吃饭,他隔个几分钟就端出一盘野菜,我数了数,有七八种。听说,最远是到黄连山采的。"

"大年初一,人家去玩,他自己种玉米。"

"他是五保户,国家一个月给490元(特困救助对象供养金),领到钱了就要花,买上百个鸡蛋,一天吃十几个,半个月保准花光。"

"1999年,为了不让羊乱跑,他开始围着房子垒墙,这墙连门都没有,进出全靠爬,也不怕塌。垒墙的石头是他自己用锤子一块块打下来、一块块敲平的。"

"力气大得很,一次能挑180斤木头加20斤红薯爬山,还光着脚。不到冷天不穿鞋。"

"他弟弟的帮扶人是县法院的,他一听到'法院',以为来抓他呢,就躲进山里了。"

要见谭造章一面真的很难。6月的一天,这可是一年中太阳最高的时候,驻村工作队沿着悬崖攀上数百米高的更类老屯,衣服湿

谭造章垒筑的石头房和围墙,是更类屯别致的建筑,但总是不见其人。
2019-12-08

得可以拧出水,随身带的水空了两瓶。

烈日之下,谭造章花数十载心力建造的石墙亮得炫目,墙内的树、菜绿了满坡,"城墙"还是没有门,队员们只能扯着嗓子喊:"老谭! 老谭! 在不在?"

呼喊声在山谷里回荡,够大声了吧,可惜,只听到夏蝉不耐烦地鸣叫,没听到谭造章的作答。队员们在老屯里外遍访了好几圈,从烈日当头一直等到夕阳西下,还是不见谭造章。邻居说,这个怪人,要么找山货去了,要么躲起来了。

手砌的石墙不易爬,内心的石墙更难翻。

2019年年初,国家财政兜底拨款4万元,替谭造章在山下修建起40平方米的砖房,新家的选址也很贴心,就在弟弟谭造针的新家后院。财政资金无法一步到位,需要谭家先借钱垫着。不懂和人打交道的谭造章生怕被骗,撂下半拉子地基,又跑回了山上:"万一房子建好了,钱却没给到,我就完啦!"

定坡村村主任兰绍松想出了"曲线救国"的办法:请他弟弟谭造针当翻译、当中介、当证人,再"用土话,慢慢哄"。村"两委"不

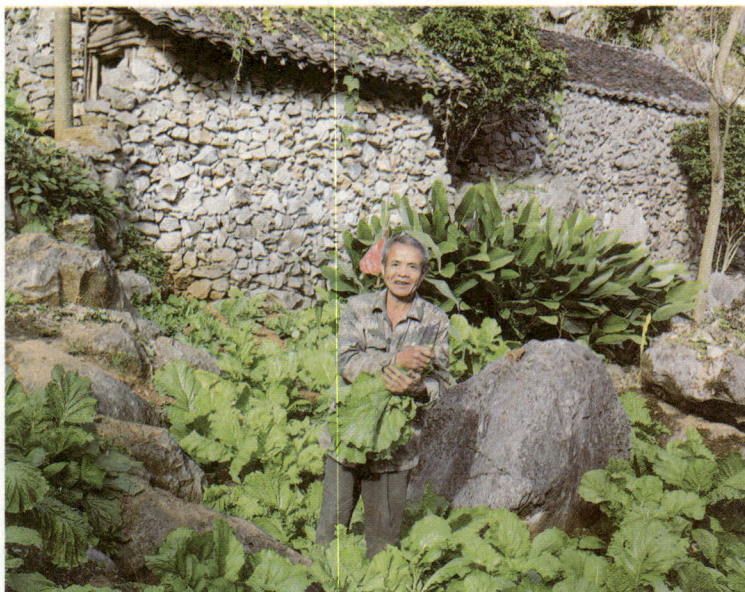

"长城"内，成了家族
的果蔬基地。2019-12-08

但找人给赊了水泥和钢材，还手拟了一份"补助合同"，甲方为谭造章，乙方为定坡村村委。乙方承诺房子全部建完、验收入户后，支付所有款项。合同末尾，村支书、驻村工作队第一书记、队员，都摁上了清晰的大红手印。

2019年11月，房子建好且通过验收，4万元补助金也到了账。

新家的邻居说："现在，谭造章好像也不再见人就躲了，兴致来了的时候，还带人参观他的新房。一年种四五茬青菜，来到新屯，见人就给一把。"

小康路上一个都不能掉队！"怪人"谭造章没有掉队，他在山下有了新家，他和大家生活在一起，他把劳动果实分享给更多的人。

他，不再那么孤单。

谭造章

　　我关注五保户谭造章,每次"逮到"他,都给他拍照片,怎奈他四季都穿一样的衣服。

搬家那天,谭造章和弟弟、侄子、侄女在石头房前拍了张合照。2019-12-08

谭造章得知弟弟在山下加建楼房需要顶木，便扛着木头 ①
下山驰援，看到"长城"上的石块松了，忍不住停下来 ②
加固。① 2020-01-03
木头上还绑着 20 斤红薯。② 2020-01-03

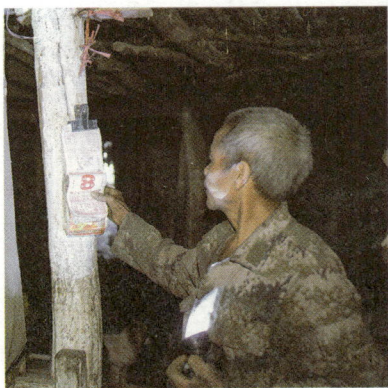
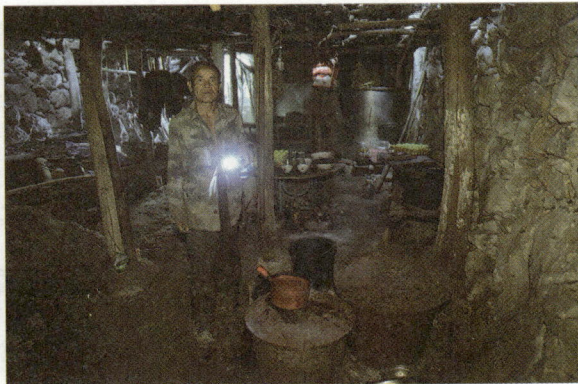

①	②
③	④

谭造章的石头房。
①② 2019-12-08
定坡村的新房很少刷白，谭造章层高4米的砖混水泥房子，已是相当不错的。
③④ 2020-02-20

4 "再有路通，吹一天给你"

韦荣米，自小从父亲那里继承了吹唢呐的技艺。农闲之余，他会给方圆数里的红白事吹奏，吹上一整天，收个200元。或者在春节的时候，吹着唢呐挨家挨户"拜年"，挣个一两千元。

他觉得这些不登大雅之堂，除了那一次：在1997年，镇上通了新公路，百色地区行署专员也专程前来剪彩，他去吹了一天。

"再有路通，吹一天给你。"说这话时，他的眼睛亮了。

韦荣米的唢呐传承了几代人，是个宝贝。2019-12-27

韦荣米脱贫档案
过去致贫原因为缺技术
2019年收入概况：
生产经营性收入约3200元
儿子儿媳外出务工收入约46200元
2019年家庭稳定总收入约49400元
2019年全年稳定人均收入约6175元
2019年11月，经双认定，各项指标达标，脱贫

　　2019年11月25日，小雨，我们小心翼翼地踩着20厘米宽的水泥水渠边，步行来到定坡村那鱼屯。那鱼是位于东凌盆地的新屯，坐落在稻田和果园中，常年花果飘香，却还不通路。

　　韦荣米正在定坡村那鱼屯的新家里，怀里抱着个几岁的男娃娃。

　　"这是你的孩子？"

　　"哪里咯，是孙子。"

　　韦荣米生于20世纪60年代末，但看不出已经有五十多岁。

　　因为他是一位唢呐师傅。

　　广西的瑶山上，流传着这样一种说法："唢呐是有灵的神器，唢呐（八仙）师傅大多长寿，因其一生为节庆喜事捧场吹打，成人之美的同时，也升华了自己。"韦荣米亦是如此，他带着唢呐，吹遍了方圆数十里的村屯，哪怕是跨县份的邀请，他跋山涉水也要前往。

　　韦荣米的唢呐，一共有两支，已经传了三代，还留在叫法屯的老干栏房子里。而今，叫法屯已经整屯政策搬迁或自主搬迁，韦荣米属于后者。他所在的那鱼新屯，引向定坡安置点的山泉水刚好经过。2019年9月，他家接了自来水，同年12月通了电，装了空调。目前就差一条能通车的路。

　　整个定坡村只有3个人会吹唢呐，刚好组成一个完整的唢呐乐队，大家相互接力，才能吹完整个红白事的十几个曲牌。韦荣米的

② | ①

唢呐虫，是传统发声器，现已难
觅踪迹。
① 2020-03-20
② 2019-12-27

老搭档、谷法屯的韦安营，把唢呐带到了新房。只见他的老唢呐长一尺余，裂掉的木管被两根金属线箍紧，金属线经年累月沾了人气，已和木管浑然一体，颜色都变得一样了。

喇叭碗是老式的黄铜（现今多用铝或不锈钢），掂在手里很沉，碗口有条寸长的裂痕，碗身上端被磨得锃亮。这唢呐是哪里来的，价值几何，韦安营也说不上来。但碗身依稀可见有"广州裕安泰造"的铸字。经查，"裕安泰"是已经消失的老字号，仅唢呐碗在二手市场上就炒到两千元，而专业级的新唢呐也不过千元。

"口吹坏了，得上山找去。"韦安营说的是唢呐芯子上的哨，土法是用一种钉子一样的虫壳子来做，比常见的塑料或者芦苇哨子更耐用，在"万能"的淘宝上一查，竟然没有虫哨子卖，可见，这样的土法也几近失传。

冷不丁地，韦荣米怀里的娃娃挣脱了出来，一把抢过唢呐，像模像样地塞进嘴里，鼓起腮帮，看着用的是吃奶的劲儿，却怎么也吹不响，把大家逗乐了。

"要教会孙子吹唢呐吗？"

"看吧，吹唢呐看天赋，（很）少人能学出来，要有时间学，还要受得累。"韦荣米回答时，视线就没法从孙子身上挪开，脸上笑嘻嘻地，写满疼爱。

都说唢呐俗，难登大雅之堂，这似乎在两个儿子身上也得

在喜庆的唢呐声中，定坡屯女孩袁秀云远嫁云南。2018-08-17

到了印证。儿子们没有继承到他的衣钵，都去广东打工了，那样来钱更快。

2019年12月27日，韦荣米和搭档韦安营回到叫法屯，在老房子前再次吹响《大开门》。老屯已经空无一人，让此起彼伏的唢呐声更显穿透力。《大开门》是新娘进门时吹的，旋律平缓。不过，和专业音乐会上的演奏家们声情并茂的表演不同的是，两人无论是蹲奏还是行奏，始终低着头。不过，哪怕是外行，也能听出这《大开门》的节奏散掉了，还存在明显的跑调。哪怕再不着调，唢呐特有的穿透力也足以让人产生错觉——这里正举行一场盛大的传统婚礼，它的魅力便在于此。

"跑调"不是偶然，反而是"瑶山特色"。一篇于2017年发表的调查报告显示，在广西富川瑶族自治县传统唢呐吹奏中，也存在音不准的问题，因为乐手学习唢呐全由老师傅口传心授。韦荣米自小跟父亲学了23套曲牌，其中15套红事，8套白事，没有曲谱，全靠对父亲吹的旋律进行模仿、记忆。

韦荣米说，这祖传的技艺，让他在农闲之余，能有一些收入。

在红白事场上吹一整天，收个两百元，或者在春节的时候，吹着唢呐挨家挨户上门"拜年"，挣个一两千元。乡邻里对这些"不请自来"的乐手，态度不一，出手阔绰的给个五十元，精打细算的给个一二十元，没有钱还给脸色看也是有的。

其实，以上的大部分信息，都是从韦荣米的只言片语中，一点一点挤出来的。很想追问一些婚礼上吹奏的细节，但都问不出，他自认为没什么可谈的。

"总得说点什么吧？"

突然，韦荣米的眼睛亮了起来："1998年，茶酒屯通了新公路，我得去吹了一天。（百色地区行署）专员都来了……"

这是一场连百色地区的领导都莅临现场的剪彩活动，可以想象通车现场的盛况、人们脸上的欣喜，以及唢呐乐手的无上荣光。

"再有路通，吹一天给你。"韦荣米自告奋勇地说。

韦荣米和搭档韦安营合奏迎客调《大开门》。
2019-12-27

①　村支书颜庭财测量去往韦荣米新家的路，为施工做准备。① 2020-03-18
②　水泥路通到家门口，韦荣米买了新的摩托车，计划要"给新路吹一场"。
② 2020-11-14

2019-10-08

5

致富能人的致富路

20世纪90年代，定坡村的男子都穿一种"鸡屎褐色"的塑料凉鞋，两块五一双，人称"礼拜鞋"，意思是鞋子穿不过一个礼拜。这个时候，主人会烧红一把铁锯片，从报废的塑料鞋上剪下一小块，用手摁着，熔到破口上。

要想补得好，就得眼疾手快，被烫还是免不了，可定坡人的手又粗又硬，能忍。

当时，阮文和其他定坡人一样，都有这么一把专门补鞋的锯片。他买不起鞋，收到一双旧鞋都会掉眼泪，后来，他买了摩托车、农用车，是全村第一个拥有挖掘机的人。

这个过程是怎么样的？我有点好奇。

在定坡村定坡屯往东凌镇的路口，有一所建了眺台的房子，从4米宽的落地推拉窗走到眺台，便可看见全村的稻海。这房子便是阮文的家。

早在20世纪50年代，阮文的祖辈就赶着马，从更类屯搬到了定坡屯。在瑶语中，"更类"意为悬崖，在壮语中，"定坡"意为山脚，他们家是全村最早搬下山的人家。可直到现在，逢年底，全村人哄抢救济衣服的场景，自己熔补"礼拜鞋"时闻到的臭味，仍在阮文的脑海里挥之不去，那是贫穷的味道。

1996年，阮文正上初中，身上穿的是补丁裤，鞋子烂得穿不上脚，看到帮工脱了双"礼拜鞋"晾在一边，阮文便悄悄地把鞋穿到了学校。帮工事后得知原委，便把这双鞋送给了他，阮文为此掉了泪。

2003年，阮文从广东回乡当村干，同年，他花了1500元，跟村里人买了辆旧摩托车，轮子第一次代替了腿。2005年，他又买了一辆二手农用车，给人做短途运输，拉点水泥和砖。

更大的转机在2014年之后。阮文发现，十里八乡起房子的越来越多，他瞅准了机会，用积攒的13万元，买了一台二手的玉柴挖掘机，次年又分期付款买了辆皮卡，专给人挖地基、建房子；2017年后，他辞了村干撒手干，再贷款61万元，买了辆崭新的卡特挖掘机，步子迈得越来越大。

"61万！小子胆子够大呀。"有人说。

"跟搬得早有关系吧。如果住在山上，估计还得是贫困户。"眼前的阮文，一副笑呵呵的样子，他其实也有着鲜为人知的艰辛。

　　2016年的雨季，他在卫东上屯开山挖路，遭遇了塌方，连人带机被埋了一半。幸好村民及时赶到，大家连挖带刨，花了一个星期，才把挖掘机挖了出来，尽管如此，阮文没有漫天要价，"做多少收多少"，最后结算工钱只是预估的一半。

　　阮文又实在又和气，大家都喜欢找他，短短几年，他给十里八乡上百栋新房子挖了地基，见证了山乡巨变。2016年之后，他的家也升级了"配置"，有了投影仪、卡拉OK系统和音响，新建了仓库和铺面。

　　阮文，这个曾经连鞋都穿不起的瑶族青年，就是这样敢想敢做、勤劳踏实，搭上了乡村发展的顺风车，创造了今天的好生活。

①　②

阮文用自家的机器义务给村里填路基。
①② 2020-02-11

摩托车

　　阮文说过一个真实的、让人笑中带泪的"定坡笑话"："早年，个别赶时髦的定坡人这样骑自行车——先是车骑人，才是人骑车。"

　　这则笑话，给出了两个信号：定坡人也向往新事物，向往更好的生活。

　　20世纪90年代，摩托车在全国兴起了，但它开不进定坡的大山——定坡人力气再大，也没法扛着它上上下下。直到有了路。

　　定坡村叫法屯，是第一个通路的屯，也是第一个有摩托车的屯。2020年，定坡村屯屯通路，家家脱贫，户户买了摩托车。在定坡，摩托车既是交通工具，又是生产工具，它载人载物，载着定坡的精气神、好风景。定坡人的生活，也像骑上了摩托车，加速！加速！

组图中的泥路目前已经全部实现硬化。
① 2018-12-01 ② 2019-04-27 ③ 2019-11-27
④ 2020-03-08 ⑤ 2020-03-08 ⑥ 2020-03-15

①	③	⑤
②	④	⑥

6 盲人阮玉廷

　　20世纪80年代，定坡村陇直屯，阮吉针
7岁的儿子阮玉廷高烧不退。三座通往外界的
大石山，拦住了他们的求医之路。阮玉廷因此
失明。

　　路，成了父子俩心里一道永远的伤疤。

　　2020年7月，通屯水泥路，修到了他们家
门口。

阮玉廷（左）与父亲阮吉针。2019-03-10

路通了，我们开玩笑说给他找个媳妇，阮玉廷笑得很开心。2020-10-06

你知道吗？
你知道水有泉源吗？
你晓得吗？
你晓得鸟来自何处？
我祖他来到深山，
三张茅草他搭成一个窝。
我宗他走进老林，
三块石头他垒成一个灶。
没水喝，
月亮高高他把泉水挑上来。
没柴烧，
一把斧头他把大树劈成片。
三把苞米，他种了三面坡。
三粒豆子，他种了一面山。

我的祖父多艰辛呀！
我的祖母多辛苦呀！
早晨，
他俩点着火把出门。
夜晚，
他俩点着火把归家。
流了多少年的热汗水，
掉了多少载的身上肉。
我的祖父呀，
苞米才长到大石头的外边。
我的祖母呀，
豆子才长到大石块的外头。

你知道吗？
雨水的路是山洞。
你晓得吗？
椋鸟的路是天空。
孙辈我生在深山，
山洞流水不见人的路。
孙辈我住在老林，
鸟靠双翅我靠两条腿。
是虎，就轻跃千座山。
是鹞，就高飞上九天。
还待何时，
我举刀削出银岭。
更待何时，
我持斧劈下金山。

69

古老的瑶族苦歌，唱出了阮吉针父子心中的渴望。

盲人阮玉廷本可以看到世界。

20世纪70年代中，阮玉廷降生在定坡村陇直屯。陇直屯"高山草岭，青山石壁，日月照见，闻禽兽之声，听野狸之叫"，翻三座山，往西到东凌镇，往东便是县界，是古时要隘。

阮玉廷7岁那年，生了不知名的怪病，抽搐、发高烧。"那时候闹没（没有）吊针像啵归（现在），县阔恁（可能）都很诺没（少有）啵。"还以"民国三十六年"来标记自己的出生年份的父亲阮吉针，并不清楚当时县城的医疗条件，他自己没去过、没见过，只能靠猜测。

出山难，阮吉针只好寄望于土药，但儿子的视力依然日渐模糊。17年后的2001年，父子俩终于第一次去了趟县医院，但得到的结果令人失望。时至今日，父亲阮吉针还总是哀叹："（时间）超太多不行的。"

盲人阮玉廷没怎么看过世界。

30岁的时候，一个机缘，他得以跟着族人，到百色替人砍甘蔗，但很快就回来了。"眼睛看不见，就是给人添麻烦。"外边的人看电视、用手机，他却习惯抽水烟、养猪、编竹子。

这个可以在三天之内编出一对竹筐，会用声音辨别鸟鸣和人声，擅长用土法养出城里人争先抢购的黑猪的能人，却在山外找不到自己的位置。彷徨了许久，他重新搭上回到东凌的班车，顺着熟

编织竹器给阮玉廷
带来了微薄的收入。
① 2020-03-21
② 2020-10-06

① | ②

悉的山路，把手里的木枝嗒嗒地敲在古道上，流水一般自然地走回山腰上的陇直屯。

只是，阮玉廷越来越少听到人的声音。

阮玉廷的哥哥在数年前一个人负气远走，还撂下一句话："宁做南宁狗，不做东凌人。"或许，古老的寨子给他带来过难以言说的伤痛。

邻居们也搬走了，"原来有20户，跑得差不多了。"他时不时会听说谁家的几兄弟在外几年找到了钱，凑了20万元，在平地买了块地，起了新房。石坡的地都撂荒了，也不必再回来。"我们没有钱，没有办法才住在这里。"他家在2000年建起的老吊脚楼越来越像一个孤岛，在漫漫石海中，日复一日。

阮玉廷继续编竹子，老房子就是他的展馆，一个挂起来的半球形的竹篮，是高压锅架；一个悬空的水滴一样的竹筐，铺上稻草，便是舒适的鸡窝；还有各种各样的篓、笼、箕、筛……

父亲阮吉针每年开春都会进几头猪仔，他先得找人按照瑶族的历法挑个吉日。待到那天，他会赶着马匹到镇上赶圩，把猪仔驮回寨子。这一来回，得走四个小时的山路。

盲人阮玉廷依然渴望看到世界。

阮玉廷40岁了，医托不知从哪里找到了他，说能治他的眼病。阮玉廷像被按下了重启键，跌跌撞撞赶了几个小时的山路，翻过几重山，来到镇上搭上去县城的班车。村里小学校长黄炼听说了，要把他追回来。怕他不信，还把他带到县人民医院。医生看他心切，都不敢说出"不可能了"，只使了眼色让人把他带回了村里。

　　不过，21世纪的第二个十年接近尾声，阮玉廷听到了新的声音，感受到了新的世界。

　　"突突突"，这声音一开始远在南边的山坳，没几个月，已经响到家门口。不用别人告诉他，阮玉廷心里明明的：这是开山筑路的机器。这水泥路，像一条龙劈开了石海，在他家的旁边盘了个弯，抬头向上，继续向另一个寨子"飞"去。如果病逝不久的哥哥还在，如果他知道路已经修到家门口，会不会愿意回来？

　　"轰轰轰"，这声音原本在他家跟前，很快就窜到屋后去了。谁把摩托车开来了？这就是电视里说的"车从屋顶过，人沿山上飞"吗？听说是隔壁寨子的，三年没回来了，路一通，就载着媳妇、老姐回老家，大包小包的。他在跟坡上的人打招呼呢，议论这条路，笑得那么大声。

　　"沙沙沙"，新路对面的陇直小学，不是废弃了很久吗？怎么传来了锯木头的声音？听说是村里的老支书和他的老伴儿，搭着儿子开的摩托车回来了，要把寨子里的烂房子改成猪圈养猪呢。

　　2020年开春，父亲阮吉针又到镇上进了一对猪。这回，老板开着车，把他和猪送到家门口，用了30分钟。阮吉针还养了羊，他和羊每天走着水泥路上山、下山，能去的地方更远了，回家也方便了，也"沾了光"。

父子俩在易地扶贫搬迁安置点也有了新家。两年过渡期满时，他们的吊脚楼要"拆旧复垦"。因为父子俩习惯了山上的生活方式、养殖传统而不愿拆旧房。为了落实"危房不住人"方针，确保安全，村里决定把房子收归集体，再以"集体产业管护用房"的形式，无偿给他们返租，用于养殖，以稳定生活来源。

这天，驻村工作队队员又来到他的家里，宣传国家"以奖代补"，以及村里合作社养猪的新政策。

"这路花了多少钱？"父子俩顶好奇。

"差不多350万咧。"

"噢哟，350万！"老父亲吓了一跳，一担玉米100元，一对猪仔2000元，一头年猪3500元，350万元，是如同太阳一般遥远的概念。

"国家也是照顾我们那么辛苦咯。"出生在民国的阮吉针，坐在家门口的石头上感慨。脚下的新路，是那么近，人就好像坐在一条银龙的脊背上。

这"银龙"还在继续延伸，往南、往北……往卫东上、下屯，怀一、怀二屯，陇乐屯，陇布屯，那鱼屯，林火新屯，把通向村镇、通向外界的路网串了起来，载着父子俩、载着定坡人朝着未来的新生活，继续"飞"去。

阮玉廷

父亲阮吉针作为定坡"七叔公散养点"的骨干，和合作社
签订散养协议。父子俩获得了免费的猪苗。①② 2019-04-26

①
─
②

一张木床要打数十个榫卯，阮
玉廷全靠触觉去定位、雕凿、
组装成型。①②③ 2020-10-06

①
② ③

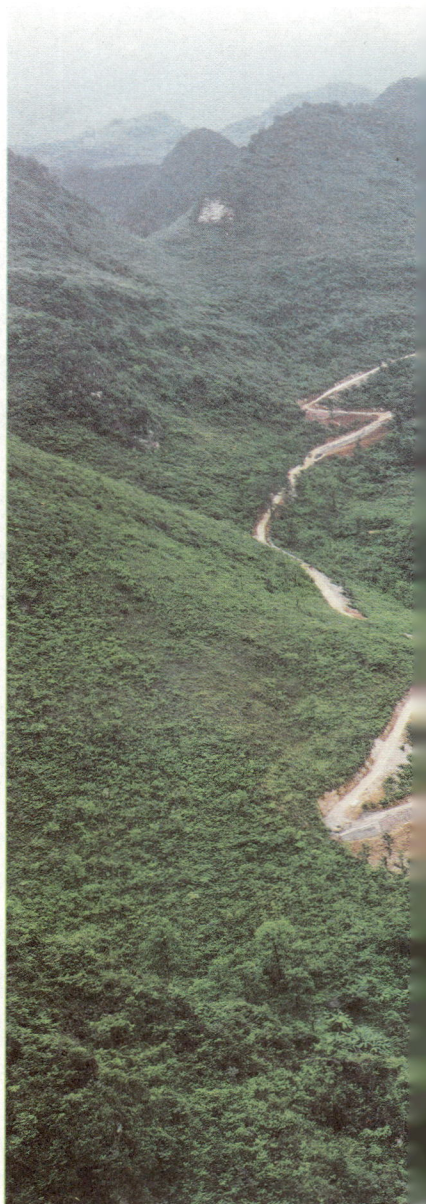

路修建中的场景。① 2019-04-26
②③ 2020-03-14
三条弯弯曲曲的盘山路，犹如"银龙"，
交汇到阮玉廷家的门口。④ 2020-10-06

①	
②	④
③	

定坡屯

通往定坡小学的通屯 ①
路，硬化前后对比。 ——
① 2019-04-03 ②
② 2020-07-16

怀一、怀二屯

①　　　这是通往怀一、怀二屯的最为陡
②　　　峭的路段。拓宽硬化前后对比。
①2019-03-08
②2020-09-11

茶酒屯

新修的通屯路和
地头水柜非常抢
眼，茶洒屯村民
韦万金说："终
于盼到了。"
2020-02-28

81

鸟瞰定坡新路网

定坡屯。 ① 2019-05-23
卫东上屯。 ② 2019-09-06
卫东下屯。 ③ 2020-10-02
陇布屯。 ④ 2019-09-05

```
        ②
  ①    ③
        ④
```

7

我歌唱我心
——定坡村的非典型瑶族声乐

定坡的瑶家历代迁徙，最终安定了下来，和当地的壮家融合。正因为如此，定坡的歌是自由的，定坡的歌是变换的，它并不纯粹，也非典型，它既有古老的瑶调，也有传统的壮歌，还有新编的民谣，但以歌达意的初衷从未改变。

来听听现在的定坡人都唱什么歌。

更类老屯晒谷坪，唱起《站在瑶山把歌唱》。2019-10-04

一

2019年的初冬，天气微凉，踏着银色的月光穿过稻田，四周很安静，静得只剩下脚下的沙沙声。不远处的定坡灯影朦胧，不知谁家传出的山歌，飘荡在静谧的山乡夜晚。

这突如其来的歌声，借用一句网络流行语定义，便是定坡的专属BGM（指人物出场的专有背景音乐）。"今（哎）夜（啊）运（呵）气（哎）好，燕（喔）子（喔）飞（喔）入（吼）家，诶——"（译配）。这歌声，依字行腔，纤细柔和，又像大石山中的攀山小道，百转千回，娓娓道来。

显而易见的是，歌声是从音箱里传出来的。村里的老人，会在镇上圩市光顾露天的杂货摊，买上一两盘当地人灌录的山歌，闲时放来听听，作为自己为数不多的娱乐项目。这些歌由两男和两女对唱，五字一句，十字一对，讲求押韵。

"不过，这不是真正的瑶调。"被称为"定坡宋祖英"的小卖部老板娘卢秀毛提醒道，这是德保临县——田阳县的敢壮调，因田阳距离定坡近，所以反而更流行。

"那'瑶调'呢？""现在只有很老的老人会唱，我不会，就想学。"卢秀毛说，"一个多月前，有个老人下山到店里打酒喝，我知道他会唱瑶调，就用一斤白酒换了他唱两句，还录了下来。可老人不识字，唱的词，我们都听不懂，是很深奥的瑶话，像是古代的文言文，太难了。"

"只大概知道有一句歌词是：是谁心胸很宽广，是谁一笔管天下。唱的是毛主席。"卢秀毛说。

二

翻开德保县1995年版县志,里面记载着一首流传于定坡一带的瑶族山歌调,形式为一个或多个演唱(分男女),唱法多次反复,歌词是这样的:

"话是这样说,哥是否真心,千言又万语,今夜要讲清。"

1962年生的村民何建勋,其已逝的母亲便是"歌王",他自己是被瑶歌喂养大的。"恋爱、提亲、婚嫁会唱,节庆、交友,甚至串门也会唱。"何建勋说,那时候,要想进别的村拜访,光说话是没人搭理的,就得郑重其事地从山坳一直唱到村口;进了人家家,也得唱够才算尽了礼数。歌里用夸张用比喻,唱风景唱心情,唱着村里的老人家,祝他们健康长寿,以表达尊重。

瑶歌以三五七言为一句,四至六句为一首,语言凝练,含义丰富。老人考察人才,就靠歌词,若听出文句不顺,便让你吃闭门羹。只有听得开心了,才会请你进门,烧起炭火,倒上茶酒,端来红薯和芋头,让你和坐在房间床上的姑娘对歌。

"哥哥你从哪里来,泉水清清不曾见。"

"萤火虫儿闪闪亮,追着萤火跟过来。"

何建勋说,萤火虫是他的母亲曾在歌里用过的比喻,形容女孩子害羞、美丽,"还有光彩照人、指引道路的意味,很妙"。

对歌对得相互服气,就要定终身。婚礼上,山歌更是不能少,没有山歌的婚礼便不会热闹,主人若不会唱,便要请会唱的人唱。唱歌的男女分列而坐,没有乐器伴奏,唱养女儿的辛苦,唱嫁女儿的惆怅,唱柴米油盐酱醋茶,唱到夜半三更都不停歇。

三

2019年10月4日，"定坡宋祖英"卢秀毛和村里的十几名妇女，来到位于山巅的更类屯，穿上瑶族盛装，坐在老树下，再唱起了新民谣《站在瑶山把歌唱》。

"阿里诶，站在瑶山把歌唱咧，唱咱瑶山变了样变了样，瑶家生活甜如蜜甜如蜜，瑶山一派新气象……修水渠、治荒凉，条条银龙山上过，开公路建新房……"

妇女们用朴素自然的唱腔，演绎欢快流畅的旋律，让在场从省城远道而来的客人都不禁拍手赞叹。

这首歌是怎么来的呢？

歌词作者、定坡小学第一任校长黄仕桥已于2007年过世。据黄仕桥的家人回忆：20世纪80年代，黄仕桥、韦秀莲等人计划去田林县参加瑶族盘王节，却苦于没有节目。两人便改编当地瑶族山歌调，配以表达瑶族儿女翻身做主过上幸福生活的主题歌词，合作创作了这首歌。歌曲格式工整，节拍为四二拍，有完整的主歌和副歌，歌词既有汉语版，也有瑶语版，两个版本的歌词内容相近。

《站在瑶山把歌唱》参加盘王节表演后，成为定坡时髦的"流行歌曲"。黄仕桥把村里第一个女初中生卢秀毛当成亲传弟子，教她完整地唱完歌曲，带她到县里参加汇演。

30年后，一度被人们遗忘的《站在瑶山把歌唱》再度被传唱。卢秀毛不但当起了老师，也推出了新版本歌词，其中，"改革开放路线指方向"改成了"十九大路线指方向"。截至2020年底，定坡村生活用电普及率和住房保障达标率均为100%，就像歌里唱的那样："电视录音闹山庄，家家户户电灯亮……"

四

2019年11月24日晚9时，定坡村易地扶贫搬迁安置点文化广场，黑色的星幕撒下银色的背景，穿梭的流星打下耀眼的追光，1960年生的阮秀英和众人分坐台阶，再次对起了山歌。

这银色的背景，不是月华，是安置点的太阳能灯光。这耀眼的追光，也不是流星，而是延至天际的通屯水泥路上，那不停变换着角度的汽车灯光。

这个时代为定坡歌手们，搭建了更大气的舞台背景。

"家在路边路灯亮，高兴跟着共产党。"

"打住打住，给你们出的对歌题目，是'婚礼'，怎么又变成歌唱共产党了。"

"电视里唱歌是演呢，我们唱歌像说话，心里怎么想就怎么唱！"

村民收藏了几十年的手抄歌谱，这首歌至今还在传唱。2020-08-26

（男）话到这结束，一别难相见。

　　再见了战友，一别泪儿流。

（女）太阳方升起，不要太担心。

（男）有日方有光，走路不怕难。

（女）别为前路忧，好运会降临。

（男）离人不离心，心盼再相见。

（女）行路有好运，绳缚不住水。

（男）是瓜还是果，劈开见真心。

（女）妹心像树心，破开见真情。

（男）话到此为止，下次再欢唱。

（女）别那么心急，种子才发芽。

（男）就唱到这儿，把话藏山溪。

（女）难得好机会，今天好开心。

　　党政府关心，才有了幸福。

　　县长和书记，记者都谢啦。

（男）形势那么好，农村大变样。

（女）时间由人走，走哪都方便。

（男）谢第一书记，关心咱生活。

（女）书记辛苦啦，今晚费心了。

（男）辛苦书记啦，脑筋转得多。

（女）书记的辛苦，永远记心中。

（男）大人和小孩，人人记心中。

（女）人人都开心，个个记心中。

（男）开门有新路，畅通到镇上。

（女）再见啦书记，下次再见吧。

　　辛苦啦书记，千里来扶贫。

（男）教育送乡村，读书不花钱。

（女）你好比父母，至死都不忘。

（男）亲妈会忘记，您永在心中。

歌词整理自定坡村
2019年11月24日晚歌会

1988 年 2 月，时任定坡小学校长的黄仕桥组建演出队，带着自创的《站在瑶山把歌唱》参加德保县首届业余剧团演出。当时，定坡小歌手卢秀毛（后排左一）第一次走上舞台。① 2020-08-26

文艺队排演，大伙儿都来看热闹。② 2019-03-08

卢秀毛（右三）和村里新组建的瑶族妇女业余文艺队在安置点文化广场新舞台上表演。③ 2019-07-01

2014年定坡村有建档立卡贫困户400余户。

其中，2014年退出11户45人；

2015年退出37户153人；

2018年脱贫出列132户573人；

2019年脱贫出列226户915人；

2020年脱贫出列51户134人。

2020年底经过双认定，

定坡村完全实现一超过、两不愁、

三保障的脱贫目标。